텅 빈 극장의 엔딩 크레딧

시든 꽃밭에 물주기 1집(2023)

텅 빈 극장의 엔딩 크레딧

강동규
권태완
나 래
박르하
박은수
백혜자
신잉걸
이승희
이은란
정지민
조영미
최정란

달아실

일러두기

보조 용언과 합성 명사의 띄어쓰기 등 본문의 맞춤법은 시인의 의도에 따른 것임.

여는 글

거칠고 까칠한 정선의 돌산처럼 보이지만 가슴엔 아우라지 같은 서정이 흐르는 시인 전윤호. [시든 꽃밭에 물주기] 시 창작반 학생들은 전윤호를 스승으로 만나 시를 운동하듯 배우고 있다. 20대에서 70대까지 다양한 연령의 사람들이 전국 각지에서 온라인으로 모인다. 시들시들한 삶에 '시'라는 생명수를 공급하기 위해 뭉친 사람들은 그렇게 글동무가 되었는데, 선생님의 가르침에 따라 매주 모여 서로의 작품을 진지하게 읽고 의견을 나누다 보니 어느덧 훌쩍 자란 서로의 모습을 느끼기도 한다.

시를 배우기 시작한 시기가 다르기 때문에 이미 시집이라는 결실을 본 제자도 있고, 아직 자신의 작품 세계를 찾아가는 제자도 있다. 하지만 제자들의 열정만큼은 누구 하나 뒤지지 않는다. 회원 절반이 코로나19 환자였음에도 콜록거리며 화상으로 만나기도 하고 종종 출장지의 숙소, 이동 중인 차 안에서도 참여하는 회원들도 있었다.

시집에 낼 작품을 고르고 고치며 고심하는 밤들이 지났다. 이번 시집에는 오프라인에서 시를 배운 제자들도 함께 참여했다. 온라인이나 오프라인이나 시를 사랑하는 마음은 똑같을 것이다. 이번 시집 출간을 계기로 모두 더 단단한 시인으로 성장하기를 기대한다. 그리고 이 기회를 열어준 스승님께 감사 인사를 전한다.

2023년 11월

시든 꽃밭에 물주기 시창작교실 반장 박은수

차례

텅 빈 극장의 엔딩 크레딧

텅 빈 극장의 엔딩 크레딧

강동규
권태완
나 래
박르하
박은수
백혜자
신잉걸
이승희
이은란
정지민
조영미
최정란

강동규

한림대 국문과 졸업. 2018년 충성문학상 최우수상.
경찰문화대전 입선 다수.

2022년 4월 전윤호 시어머니를 처음 만나고 나서부터
시가 달라졌습니다.
푸석한 언어로 뜨개질한 그물의 흠집을 다듬어주어
싱싱한 전어들이 나가지 않게 하였습니다.
봄에 시집왔던 설렘으로 시가에 충실한 며느리가 되겠습니다.

호아비빔밥

발음은 비벼서 먹는 곡물입니다
이팝꽃 떨어진 담 위로 흰 고양이 올라갑니다
식탁에 앉아 비빔밥을 먹으며
난 검정콩을 세어 보는데요
콩 맛은 원래 베트콩입니다
콩 한 알에도 국경이 자라지요

호아는 식당에서 일하는 베트남 여성입니다
사장님은 억양이 다른 그녀에게 화내지 않습니다
손님들도 별 신경을 안 씁니다
음식만 제때 갖다 주면 되니까요

하이퐁*은 사이공에 없습니다
전주에는 대구가 없습니다

마당에 검은 고양이 지나갑니다
이팝꽃 몇 알 비빔밥에 넣습니다
호아가 참기름을 갖다 줍니다
인천과 제주 사이에 쓰시마를 비벼 넣습니다

TV에서 지방선거가 나옵니다
따로국밥은 여기에 없습니다
국회로 간 농부는 땅을 좀 압니까?

콩팥과 혈압은 평소에 잘해야 합니다
비빔밥에는 다시다가 없습니다
곧 여름이 오는데요 일기예보를 보며
김정은과 기시다**를 비벼서 먹습니다

* 베트남 북부 항구도시. 남북 베트남이 통일되면서 베트남 중심지로 되었다.

** 일본 총리.

구토지설

운동장을 삼킨 하늘
하늘을 삼킨 바다
푸른 바다를 삼켜 하얗게 출렁이는 숨결
그 숨결 삼키다 침몰하는 삼백 명 세월호
철판 바닥은 화물칸 트럭 바퀴들 삼키고
오후의 하교는 오전의 바닷속으로 등교했다
숙제를 삼킨 네 목구멍은 담임 얼굴 삼키고
내년의 국정교과서는 작년,
교과서를 만든 저자의 손가락을 삼켰다
어제는 승선하는 팽목항에서 엄마 손이
이별을 삼켰고
오늘 아침 서해 용왕은
언론을 삼키면서 문어만 바라보고 있다
간신은 간을 삼키고
간을 삼킨 검은 눈동자
흰 눈동자를 간신히 삼킨 잠망경
잠망경이 가라앉는 각도와 수심을 칸칸마다 삼킨다
칸칸이 몸을 누인 슬픔이
팔 없이 서로 껴안으며 용궁 입구에 도착한다

바다를 삼키고 돌아오지 못한 토끼 같은 발들
갑판의 절규를 삼킨 조용한 밤하늘
조명을 삼킨 구조 헬기는 이무기처럼 귀환했다
파도를 삼킨 방파제
용왕 사신들이 거북이처럼 행차한다
새 구명조끼들이 일등 항해사 조끼를 삼키고 누워 있다
토끼를 삼킨 거북
거북을 삼킨 용왕

사과농장

남편이 바람을 피워 이혼 서류에 빨간 도장을 찍는다 그는 사과농장을 떠난다 홍옥 껍질 벗기다 흰 속살 찔러 본다 칼로 사과를 토막 내도 즙이 나오지 않는, 벌레가 기어나오는

연두 팬티에 날개 달린 화이트 대고 있던 밤, 애인이 아오리처럼 굴러들어와 그의 즙을 하얀 엉덩이에 칠한다 창밖 달빛은 목격자처럼 노래한다 빈 술병 속에 갇힌 꿀벌 목구멍에서 발효된 낮과 썩은 밤이 올라온다 가지마다 돋아난 숙취를,

남편의 뒤통수를 불면에 섞어 마시면 둥근 웃음이 취한 눈으로 울먹인다 침대에서 낙과수술을 한다 취생몽사* 같은 마취 속, 검은 씨앗의 자궁에서 도려낸 새콤한 아기는 발가락이 아홉 개다

하얀 손톱으로 악몽을 벗긴다 살가죽이 반 벗겨진 붉은 남편이 한 입 베어진 채 달콤한 사과즙 흘리며 옆에 누워 있다 멍든 이맛빛이나 깎으며 살렵니까? 햇볕은 잘 받아

먹고 있습니까? 와인 같은 애인의 없는 입술이 벗은 살결에 연두 도장을 찍는다 그는 사과농장을 떠난다

* 왕가위 감독 〈동사서독〉에 나오는 술.

안경집

전세도 월세도 아닌 집
주인은 한번 나가면
깜깜무소식

명동 순대국밥집
낙원동 이부자리솜틀집
커튼집에 갔는지
귀가를 모른다

선글라스 버스기사
사이카 교통경찰관은
들이지 않는 게 좋다
자동차 보닛이 열리면
닫히지 않는다

얼룩진 안경닦이는
비누 세탁을 잊은 지 오래
찌그러진 천장은
하자 보수되지 않는다

이부자리 저만치
다리 접고 자는 아내가
집을 나가고부터
이불에서 냄새가 난다

Love

— 존 레논

분홍낮달맞이꽃*이
옥잠화**에게 손짓을 보내요
저들은 어떤 화음으로
교대하고 있을까요

바다와 하늘이
서로를 비추듯
달이 빛나고 있어요

사하라의 그대는 소프라노
시베리아의 나는 알토
국경을 넘어
기후를 넘어
우리 같은 체온으로
껴안을 수 있을까요

그대 손엔 셰이크핸드 라켓
네트를 넘어온 하얀 공이

내 펜홀더 라켓을 두드려요

밀물과 썰물이 그물 넘어
음악처럼 만났어요
출발과 도착이
평행봉처럼 마주보고 있어요
비상과 착지가
활처럼 멀리멀리 날아갑니다

낙타를 타고 실크로드 지나
돌고래 타고 태평양 건너
우주선 타고 금성에 들러
해와 달과 별 담아서
올림픽 성화 봉송을 합니다

중력 탄력 만유인력 추진력 밟고
아일랜드 타일랜드 뉴질랜드 잉글랜드 쥐고

그대는 왼손으로
나는 오른손으로
성화 점화를 합니다

* 낮에 피는 바늘꽃과의 두해살이식물로 남아메리카가 원산지다.
** 밤에 피고 아침에 지는 꽃으로 중국이 원산지다.

권태완

경기도 두물머리에서 태어나

서울 중등학교에서 20년 교직 생활 후 퇴직.

춘천 내려와 늦게 시 쓰기 삼매경에 빠졌다.

시집 『북한강변 길』, 『근사한 희망』, 『마녀와 함께 춤을』이 있다.

피식 대회

가장 못난 놈, 최고 불쌍한 실패자를 뽑습니다. 피식 피식 조롱받는 피식 대회. 참가비 없으니 얼마든지 오십시오. 절뚝절뚝 서둘러 오십시오.

열흘 굶은 사람보다 한 달 굶은 사람 환영합니다. 다섯 번 이혼당한 사람이면 입상권입니다. 허름하고 촌티 나는 의상, 피식 점수 올라갑니다. 가방끈 짧을수록 가산점 높습니다. 지지한 고생은 꺼내지도 말아요. 팽팽 도는 안경 어눌한 말투, 읽히지 않는 시를 평생 쓴 시인도 입상권 보장합니다. 가난과 상처의 화려강산, 뜨겁게 자랑하는 피식 십관왕 당신을 찾습니다.

당신만이 세상을 구할 것입니다!

엔딩 크레딧

너를 보내고 잘했다 매듭지었다
못 한 말 꾹꾹 눌렀다
보고 싶어 비안개 필 때는
강물에 뛰어들고 싶었다
저 혼자 큰 호랑가시나무
제 가슴을 찌르며 산다
공지천 가면 너를 만날 수 있을까
그리움은 죽음보다 오래 남을까

완전 실패 우리가 제작한 인디영화
텅 빈 극장의 엔딩 크레딧
네 얼굴 안고 어둠 속에서 둥실 떠오른다.

포토 사피엔스

사진 찍으러 이 세상 왔다. 다섯 살이면 사진사 자격 딴다. 사진 찍으러 유치원 입학하고 대학도 졸업한다. 데이트도 결혼도 멋진 사진 남기려. 개성적 사진 위해 화려한 이혼 파티도 생겼다며? 아이의 웃음과 걸음마 대박 피사체지만, 제 사진 못 찍을라 포기도 한다. 성산포 일출봉 파리 에펠탑 인증 사진 못 날리면 인생 축에 못 들지. SNS로 날린 사진 포자 수, 삶의 성공 판가름된다.

날릴 사진 없는 생도 걱정 마시라. 검은 리본 캐딜락에 실려 갈 때 찰카닥 찰카닥 최고급 비자 사진, 마지막이 확실하면 천국행이다. 포토 사피엔스 만세!

인터뷰

꽃의 영을 보는 마술 렌즈 얻었다. 렌즈를 들이대면 식물에겐 없다던 영혼이 보인다. 여인의 흰 블라우스나 회벽은 변함없이 하얀데 놀라워라 백목련에 들이대면 잠자던 식물성 영혼이 울렁울렁 깨어난다. 녹차 향기 연푸른 화살을 쏘아대는 꽃의 영혼!

기적의 마술 렌즈 백내장 수술 후 얻었다. 신통한 렌즈 받쳐 들고 탐험길 나서리.

억울한 식물의 대모 되어 그들 녹색 영을 증명하리라. 극지까지 쫓아가 꽃의 영혼과 인터뷰하리!

최고의 시

무지개 같은 시 찾아 헤맨다. 한 문장으로도 완벽한 시를. 건더기 많은 시는 시래깃국이다. 사랑 타령은 싸구려 환타, 이별이 아름답다는 시인 놈들 사기꾼이다. 불체포 특권이 부끄럽지 않나?

엿장수 가위 소리 닮은 시가 그립다. 강냉이 뻥튀기 같은 시에 가슴 뛰고 싶다.

석삼년 헤매다 최고의 시 찾았다.
내 아이가 부는 비눗방울

뭘 더 바래?

나래

다양한 문화콘텐츠를 기획하고 제작하는 N잡러다.
나를 돌보기 위해 화요일엔 시를 쓰고,
우아한 사람이 되고 싶어서 목요일엔 탱고를 추는
'화시목탱'의 삶을 살고 있다.
온 마음을 다해 하루를 탕진하는 사람이다.

방 안의 프랑스
— 조제, 호랑이 그리고 물고기들

네 등에 업히면 속 깊은 파랑이 손짓한다
저녁에 구워 먹은 줄무늬 물고기를 따라
저 깊은 바다를 헤엄치면
프랑스식 구름이 드리워진 작은 도시에 도착하지
나는 노천카페에 앉아 세상에서 가장 상냥한 얼굴로
느긋한 식사를 했어 붉은 루주를 고쳐 바르고
오래도록 포도주를 머금었지 금빛 모래 같은 머리칼이
햇살에 반짝일 때는 흘깃거리던 너에게 웃어주었네

붉은 털의 호랑이는 치마 속을 파고들어
매끈한 다리 사이를 부비고
호기심부터 호감까지 그만큼의 거리를 왔다 갔다
어슬렁거리기만 하네
결국 그렇게 떨어지면 쿵 하고 아플 텐데
바닥을 확인하면 하루하루가 살아 있었다
너와 그짓을 하던 나날들이
네 등은 달아날 준비를 하지만
더는 무섭지 않아 이미 절판된 삶은 고독하니까

창밖으로 흘러가는 저 근사한 구름을
멋지게 떠나보낼 시간이다
어제의 물고기가 보낸 진주 목걸이 걸고
나를 위한 따뜻한 밥을 지어야겠지

가마우지 신입 사원

알아듣지 못하는 말이 목구멍에 걸렸죠
삼키지 못해도 힘껏 고개 끄덕여요
긍정적 태도를 기르고 있습니다

반질반질 검은 정장 걸치고
우두머리가 가리킨 곳으로 날갯짓해요
무리 없이 무리에 섞이고 싶거든요

입꼬리 올라간 사진과 소속이 쓰인 이름
같은 모양의 사원증이 목을 조여와요
공손하게 허리 굽혀도 속내는 토하지 않을게요

같은 강에서 사냥하고 같은 곳에 똥을 싸도
같은 텃새가 될 수는 없으니까
굴러온 돌은 어딘가 의심스럽죠

애써 잡은 물고기 온전히 바치면
우리가 될까요 질문은 꿀꺽 삼키고
강물에 비친 당신 표정 흉내 내봐요

목숨 건 비행은 고달프죠
떠나고 싶은 본능은 시커먼 강물에 버리고
당연한 풍경처럼 눈치껏 머물게요
당신의 하늘을 조금만 나눠주실래요

관심사關心寺

꼴 보기 싫은 것들이 피드 꼭대기에 올라온다. 누가 누가 더 잘 놀고먹나요. 이렇게 먹고 마시는데 살도 안 찌나 봐. 골프 치는 자태도 보여줄까. 힙한 당신. 좋아요. 최고예요. 멋져요. 빈말이 빈정을 낳는 사이. 빈 화면이 묻는다. OO님은 무슨 생각을 하고 계신가요? 나무 관세음보살. 시기와 질투 없애주소서.

개새끼를 모욕하는 개새끼들이 화를 돋운다. 이 당도 싫고 저 당도 싫다고 중도를 모르는 것들아. O번 찍은 자는 중도 하차해. 가짜 뉴스는 진짜 같고 진짜 뉴스는 더 가짜 같다. 가짜 군인 가짜 의사 가짜 외교관과 썸 타는 사람들. 힘들고 외롭고 찌질하고 아파서 울부짖는 사람들 병원에 안 가고 절에 모여 시끄럽게 군다.

전문가라면 글발이 요란해야 한다. 배운 티도 내야 하고 남들이 못 가진 시선도 뽐내야 하니까. 글이 책만큼 길지만 괜찮다. 엄지척 수만큼은 자신 있거든. 남의 이야기 내 생각처럼 꾸미기. 훔친 목소리를 잘 주워 담아 하트를 수집한다. 어차피 아무도 관심 없을걸. 무탈하소서. 탁탁탁탁. 고양이 꼬리에 불만이 가득하다.

가진 게 없어서 남의 집 담벼락을 서성이다 결제를 마쳤다. 옛 애인의 새 애인이 예뻐 보이는 걸 어떡해. 추천하는 옷 입으면 달라질까. 훔치는 건 나쁘지만 훔쳐보기는 괜찮잖아요. 가질 수 없는 것. 가본 적 없는 곳. 예쁘고 맛있는 것은 남의 그림일 때만 좋으니까. 자랑질을 일삼는 친하고 천한 이웃을 자른다. 아니다. 자르긴 그러니까 30일 동안 가두자. 내 담벼락에서 오늘부터 묵언 수행하시길.

팔로우가 이끄는 곳은 아찔하고 아득하다. 주목받고 싶은 나와 볼품없는 내가 사이좋게 삭발하고 관심사에 들어간다. 탁탁탁탁. 머리를 두드리는 목탁 소리. 목소리는 들리지 않는데 속이 시끄럽다. 야단법석이 마련된 이 절에는 알 수도 있는 사람이 넘쳐난다.

겨울로 지은 집

그 집에는 대답하지 않는 당신이 살았다. 물안개가 자욱한 마당엔 겨울을 견딜 믿음이 묻혀 있었다. 물가에서는 많은 것들이 부식된다. 젖은 땔감을 태울 때마다 눈물이 흘렀다. 똑똑똑. 구원 같은 고립 속으로 뚜벅뚜벅 걸어들어갔다. 낙타를 태운 담배 연기는 자유롭게 떠도는 구름처럼. 나는 물가에 묶인 염소처럼 오래 우물거렸다. 깊게 뿌리내린 자기애는 직선으로 자랐고 가끔은 꿈처럼 구름이 등을 대고 누웠다. 당신은 종종 새로운 언어를 수집하러 떠났다. 거짓말을 능수능란하게 하려면 유리한 단어들이 필요했으니까. 견고한 욕망으로 쌓은 집엔 다수의 꿈이 드나들었다. 문을 잠그지 않아도 문제 될 건 없었다. 그림 같은 집은 언제나 전시 중이었고 한곳에 정착하지 않는 것도 트렌드라고 말했다.

그 겨울엔 비가 많이 내렸다. 누구나 드나들지만 누구도 관리하지 않는 집은 서서히 삭아가고 있었다. 허물어질 만큼은 아니었지만, 겨울이 깊어질수록 집 안 구멍은 길어졌다. 그 속으로 유혈목이, 붉은 지네, 다리 잘린 비둘기, 길 잃은 일벌 같은 것들이 지나다녔다. 나 병든 지 오래지만, 언젠가 돌아올 당신을 위해 가슴의 털을 뽑아 새

이불을 만든다. 겨울이 지나면 이야깃거리 하나가 사라지겠지. 집 앞을 서성이던 까마귀가 손목시계를 물어다 놓는다. 이제 그만 삐걱거리는 녹을 닦고 봄을 향해 걸어갈 시간이라고. 잠근 적 없던 철문이 댕그랑 떨어져 나간다. 그 집에는 고인 기억을 흘려보낼 기다란 터널이 생겼다.

허공에 호미질

내 땅에 누가 차 세웠니
허공에 소리 지르는 여자
아는 사람이 더 미우니까
이웃집 들으라고 목청 높인다
다 알면서 선 넘는 년놈들
머리카락 쥐어뜯고 싶은데
심은 적 없는 마당의 들꽃을 노려본다
마음대로 날아와 뿌리 내린 풀들
시원하게 뽑히지도 않고
제멋대로 자라나 무성해진 원망
누가 그 마음에 심었을까

내 땅에서 누가 고양이 밥 줬니
사료 담긴 그릇 발로 차고도
분이 풀리지 않는데
몰래몰래 선 넘어 밥 주는
도둑고양이 같은 년놈들
정신병 걸린 캣맘 신고할 거야
허공에 호미질하는 여자

그 집 앞에 피어나는 악다구니
살아 있어서 죄를 짓는
고양이는 가뿐히 경계를 넘고
긴 꼬리로 물음표 남기네

박르하

모든 것이 부족해서 내놓기 부끄러운 시 몇 편 내어놓습니다.

부끄러워도 함께해서 좋았습니다.

당신도 그러기를.

너도바람꽃*

속치마를 입은 적이 없어요
냉골에 묶여 있다 겨우 벗어났고요
나를 탐하는 것은 누구라도 좋았어요
더듬기는 바람이 최고지요
하지만 너무 짧았어요
꽃이 물들기 전 바로 흩어졌어요
그 안에 러브호텔이 있었다는 것을
기억하지 못해요
그곳에는 아무것도 있고 아무것도 없어요
브래지어를 풀고 싶지만
걸쳐본 적도 없지요
이른 사랑이
빠른 작별을 불렀네요
저 물새처럼 나도 암자지요
내가 지나간 자리에는 반짝이는
러브호텔이 골짝마다 지어질 거예요

* 봄꽃. 꽃말은 금지된 사랑, 덧없는 사랑. 복수초보다 먼저 올라온다.

눈설레*

단추가 풀어지자
셀 수 없는
젖꼭지들이 들이닥친다
바람은 발에 감기고
소리는 바람을 넘긴다
낡은 창살에 기대어
목청 높여 구걸하는
나뭇가지
어느새 앞 산 하나가 사라진다
나를 믿지 못하는 의심 하나
심어놓은 산
언 다리 꽁꽁 묶이고
너 여기서 회오리 치고
나 거기로 날려간다
멀쩡하지 않은 하늘, 하루
우리 모두
다 녹아 없어지리라

* 눈보라.

매미

높은 음표의 노래가
허공을 찢는다
산도 귀를 막고 서 있다
과거형인지 현재형인지 모를
독한 더위
허물을 벗고 할 수 있는 일이란
악쓰는 일밖에 없는 건지
사내가 벗고 빠져나간 집이
비명으로 쏟아진다
한철인 것을,
도시를 장악한 불륜이
보를 터트리지 않았다면
움켜쥔 손은 그대로였을까
곧추선 배알은
목을 치밀어 오르고
혈압이 수직 상승하는 한낮
그렇게밖에 못 우냐!
이 잡것들아

단두대

겨울이 너무 캄캄해
성냥을 그었더니
목련이 피었다
웅덩이 속
거울 보며 제 얼굴
단장 끝내지 못하고
바람은 단두대
옆구리에 끼고
툭툭
목련 목 자른다
사기꾼 봄은
저만치 가고
잘린 목은 스멀스멀
간지러워진다

목 잘린 수탉

분별없는 수탁은
초저녁부터 목을 가다듬다
시도 때도 없이
긴 목을 뽑아 올린다
반복되는 소리에
암탉은 날갯죽지에
얼굴을 묻은 지 오래고
닭장에 매어놓은 개 한 마리
쇠귀에 경 읽기로
주인 말은 귓등이더니
한통속이 됐다
둘의 불협화음이 비실한
매실을 떨어뜨리고
새벽 설익은 꿈은 언제나
목 잘려 비명을 지른다

박은수

디자이너로 일한 지 어느덧 15년이 지났다.
시각적인 요소만큼 메시지가 중요하다고 생각해 시를 배우기 시작했다. 시골 작은 중학교에서 교내 상 받은 게 전부일 정도로 시는 문외한이었으나 좋은 스승을 만나 자신만의 색을 찾아가는 중이다.

백지화

그저 있던 그림에
선 하나 바꿔 그렸을 뿐인데
새까만 말들 가득 채워집니다
색상 값 C100 M100 Y100 K100*
먹 번짐 심한 양평 고속도로

재단하듯 갈라지는 민심에
백기 흔들며 나타난 책임자는
모조 80그램** 입술 팔랑거리며
전면 백지화를 외치고
말문 막힌 사람들
머릿속만 하얗게 탑니다

여론은 아스팔틀 달구고
검은 봉투 드나드는 나들목
수정된 이득을 따져보다
머리 아파 포기합니다

어차피 이렇게 된 거

처음 데이터로 재인쇄해주세요

* CMYK는 인쇄할 때 쓰는 청록색(cyan), 자홍색(magenta), 노랑색(yellow), 검정색(black) 잉크 컬러의 줄인 말이다. 4가지 색이 모두 섞여 인쇄되면 먹 번짐이 발생할 수 있다.

** 모조 80g(그램)은 흔히 쓰는 문서 용지 중 가장 얇은 종이다.

채찍비

사선으로 비가 내립니다
우산 쓴 자들은 모여앉아
반지하를 내려다봅니다

천둥보다 불길한 입
번개 치는 카메라 셔터
선 넘은 삶이 전시됩니다

방 안 가득 흙탕물 넘치고
살려달라는 외침이
그릇과 둥둥 떠다닙니다

수장은 죄가 없습니다
수장되지 않을
고층 아파트에 살면 될 일입니다

반지하를 없애준다는 약속 위로
언제 그칠지 모를 채찍비가 내립니다

팔짱 낀 의자

신춘문예 당선작 쏟아지면
팔짱 낀 의자가 된다
도대체 심사위원은 누구인가
검은 눈동자 도르르 굴리며
절레절레 도리질하는 의자

빙글빙글 상관없는 척하지만
수없이 고쳤던 문장들
책상 위에서 누군가의 손가락 노리고
미스터리한 수상자 위한
가시방석 깐다

깔고 앉을 테면 앉아보시지
팔짱 끼고 다리 꼬며
끝까지 드러눕는 의자

새해가 오면 신문사마다
성낼 채비 마친 팔짱 낀 의자들이
때를 기다리고 있다

가난한 이빨

가난한 이빨은 가난한 이빨을 물려주어서
입을 벌려 속내를 보여주지 않았습니다

인상 쓰고 아파하는 이빨도
몇 개 남지 않은 늙은 이빨도
편히 앉아 순서를 기다리는데
홀로 긴장하고 있는 가난한 이빨

싸구려 아말감은 나가떨어진 지 오래
엑스레이는 검은 치부 드러내고
젊은 의사 눈치를 보는 늙은 사내

위이잉 후벼파는 소리
흔들거리는 마음 뿌리째 일렁입니다
누더기 같은 이를 땜질하고
후회로 입을 헹굽니다

늘 뒷전이던 가장의 이빨은
응급 처치를 끝냈지만

그가 또 올지는 모르겠습니다
가난한 이빨을 물려주고 싶지 않으니

뽀록

삐까뻔쩍 간지나게 살아보려는데
수순을 밟는 게 잇빠이 어렵습니다

재산 몰수엔 겐세이 놓고
돈을 뎃빵으로 모시는 구라쟁이처럼
그래놓곤 떠들지 말라 단도리 치는군요

기스 없는 인간 어디 있냐 편 들어도
무대뽀 항변은 울림이 없으니
야지를 주는 게 당연하죠

그러다 저짝 나라 꼬봉인 거
뽀록나겠어요
일본 담요 덮고 자는 건 비밀이니
왜요라는 질문은 하지 말아요

백혜자

춘천 토박이입니다.
시를 써온 지는 20여 년이 지났고,
『귀를 두고 오다』 등 시집도 몇 권 냈어요.
하지만 늘 초보를 면하지 못하는 건깡깡이랍니다.

세상을 낳다

서나무는 기둥을 낳고
댕댕이덩굴은 바구니를 낳고

조팝나무는 조팝을
괴좇나무는 구기자를 낳았다

닭 횃대에 오른 초저녁에 엄마는
나를 낳고, 암탉은 병아리를 깠다

낳고, 낳고 또 낳아
흐르는 강물처럼 언제나 가득 채워지는 세상

나는 아들, 딸 낳아 빈자리를 메웠고
아들은 제 아비를 낳았다

버드나무 솜털이 바람 불 때마다
사르르 우르르 오월을 낳는 저녁

치매 걸린 할머니 아들보고

영감 어디 갔다 이제 오슈 하더니

나이 먹어 난 우리 엄마를 낳았다

내 안의 늑대

내 안엔 늑대가 살아
한번 걸리면 급소를 물어 즉사지
위장술의 명수인 늑대
까불며 날 놀리다가
한 방에 물려 치명상 입은 게 한두 명 아니야
어떨 땐 잠재우느라 늑대에게 뻥을 먹일 때도 있어
슬금슬금 피하는 너희들 때문에 난 외롭지만
사랑하는 너만은 잡아먹고 싶지 않으니
제발 늑대를 깨우지 말아줘
미련곰탱이 영감아

은사시나무 노래 속으로

다시 애기가 되었구나!
잠잘 시간 지나고
옛날이야기도 끝이 났다
바람이 따라와
은사시나무 쉼 없이 흔들어
너를 부르네
자장자장 내 아가
푹 자고 나면
새로운 봄이란다
누구나 혼자 가는 잠
폭신한 어둠에 안기어
은사시나무 노래 속으로
파릇파릇 살랑살랑
잘 가라 내 아가

물의 살

물의 배를 가르고
가마우지가
붕어 한 마리 꺼내 물고 사라진다
갈라졌던 호수가
곧 잔잔해진다
물속에 수양버들 흔들리다
다시 평온해질 때
저녁 해가 황금빛을 뿌린다
저렇게 턱 갈라
병든 내장을 꺼내고
없던 일처럼 붙여놓을
명의는 어디 있는가?
전능한 손을 기다리던 날들이
슬프게 스치고 간다

둥글래

제 어미가 버리고 간
손자는
할머니의 무거운 혹
끼니때가 되면
밥 처먹어
퉁명스레 던지던 말도
아이에겐 반갑기만 했지
학교 갔다 오면
나 밥 처먹을까 할머니
슬슬 눈치 보며 자라서
아주 떠나버렸지
할머니 묵무덤엔
해마다
밥 처먹어 밥 처먹어
이밥 같은 둥굴레꽃
먼 곳 바라보며 핀다

신잉걸

천둥벌거숭이입니다. 그동안 만났던 사람도,
잃었던 사람들이 있었던 것처럼 그 말은 글이 되었습니다.
누구보다 삶을 찾아주었던 당신이지만, 점점 헤어지고 있습니다.
시가 가진 자유로움을 부러워했던 것 같은데
그걸 써내는 것이 가장 어렵다는 걸 나중에 알았습니다.

그믐

종이 위에 눌린 손톱자국처럼 달이 떠 있다
뱀이 버린 지난 계절처럼
허물이 벗겨진 계절을 본다

바람 멈춘 창밖 구름 속
내가 보인다, 점점 투명해진다
유리에 비친 얼굴 들고
어두운 거울 앞에 서 있다
밤은 쌓아 올린 몇 장의 유리 같다

그림자와 마주 보고 서 있다
바닥에 시간을 던지고
표정 없는 사람 바라보면서
나뭇잎 떨어지는 소리 듣는다

가로등 빛에 닿은 것들 모두 물컹해진다
밖을 나가 슈퍼에서 산 껌을 씹는다
종이에 말지 않고 뱉은 껌은
그믐 자국이 보인다

실수로 밟은 것마냥 길게
선명한 이빨이 하늘 한입 베어 물었다

안부를 묻는 시간

전철 안 마스크끼리 눈인사합니다
몇 초간에 주고받은 눈길은
서로 안부를 묻는 시간
목적지나 용무에 대하여
혹은 하루에 대하여
눈으로 묻고 눈으로 답하고
절반 가려진 시야로 안부를 묻습니다

물음표에서 마침표로
질문과 대답은 창밖으로 지나갑니다
각자 다른 표정 짓듯이
전부 당신과 다릅니다
모든 마스크는 유색 인종처럼 피부가 다르지만
우리는 모두 같은 마스크입니다
안부를 묻기 충분한 시간

이어폰

폭풍은 사실 잘 정돈된 바람이었어
둥글게 잘 말아놓았는데
그렇게 날뛸지는 몰랐어
언제 저렇게 꼬였는지
거칠게 몰아치는 바람이
단선을 알렸어
분명히 정리해놨는데 말이지
생각해보니
정돈하려고 해서 꼬인 걸지도 모르겠어
끊어진 쪽은 태풍의 눈 속
아무것도 들리지 않았어
툭 싱크홀로 바다가 꺼지고
갯벌이 된 고막
지구도 심각한 중이염에 걸린 걸 알아
가끔 한쪽만 들리는 걸 이해하기로 했어

방음벽

도로 가장자리에 있는 투명한 벽
아스팔트에 소리 삼키는 나무를 심고 있었다
타이어와 돌이 부딪히는 소리
짧은 노래 되어 빠르게 흩어졌다
동부간선도로는 온통 초록빛이었다
초록색 도로표지 따라 달리는 내내
코끝은 낯선 풀 냄새로 붐볐다

떨어지는 새가 익숙한 이유는
새들이 허공에 코 박고 죽던 날
지난밤 열대야가 짙어져서일까
죽은 새들은 모두 야행성이었다

조막만 한 머리에 굳은 핏자국이 낭자했다
낡은 햇빛들이 나뭇가지 사이로 은빛 기침 토해냈다
일렁이는 시선 궤적을 남기지 않아
새들의 이동경로 추적하지 못하고 흩어졌다

벽 위에는 까마귀들이 별처럼 박혀 있었다

저마다 다른 방향으로 날개를 펼치고 있었다

스타벅스 만복사점

마감 10분 전
마지막 주문받아달라고
한 사내가 찾아왔다
안 된다니 공평하게 저포 놀이*로 정하자 했다
뛰어온 몰골 보니 안쓰러워
목탁 색 진동벨 건넸다

여기서 배필을 만나고 싶다는
남자의 말끝은 퇴근 시간처럼 보이지 않다가
발이 없는 그녀가 좋았을까
밤에만 볼 수 있어서였을까
소복 입고 씨나락 라떼 마시는 여자와
눈 마주쳤다

양생님 주문하신 아메리카노 나왔습니다

커피 내리고 목탁벨 쳐도
이미 사라지고 없었다
밖을 보니 보련사 포장마차로

두 남녀가 걸어 들어가는 것 보였다

마지막 잔을 닦으며
나무아미타불

* 김시습의 『만복사저포기』 중 양생과 부처의 저포 놀이(주사위 놀이).

이승희

감성리더십, 마음챙김, 세일즈 교육을 하는 사람,
일상 속 감정들을 음미하는 '감정소믈리에'로 사람들과 소통하고자,
뉴스레터를 써가며 점차 활동 영역을 넓혀가는 중.
나에게 시詩는, 마음 속 종기를 다독이는 '고약'과도 같은 것.
아직도 꿈 많은 꿈나무 중년 아줌마.

다알리아

할머니는
내 팔뚝에 빨간 점들을 보고
너는 몇 번이나 환생을 한 거냐
한숨을 쉬었다

꽃집 앞,
빨간 점이 무수히 박힌
다알리아를 보고
퍼뜩 네 얼굴이 생각이 났다

겨울은 생각지도 않고
진한 초록 잎을
마구 피워내고
서로를 흠뻑 마시고 피우다가
더 이상 자랄 것이 없자
어긋나기 시작했다

미워하면서도
손목을 꽉 잡고 놓지를 못해

자주색 다알리아를 닮은
선분홍 가로줄이
손목에 새겨졌다

아름다웠던지
슬펐던지
그 마음을
다 알 리야 없지만은
지나다가 다알리아를 보니
옛적
우리가 생각났다

박각시나방

어미가 검은 알들을 낳고 사라진 뒤
골방에서 깨어난 애벌레들은
제 껍질을 먹기 시작한다

꽃들도 상냥함을 나누지 않는 밤,
애벌레들은 맹렬히 먹어 치울 뿐이다

쌕쌕 거친 숨을 몰아쉬며
살을 찌운 애벌레는
숲의 비릿한 냄새를 들이마신 후
흙 속을 파고들어 묵언을 시작한다

완벽한 고요 속에서
단단해지고 또렷해진다

죽음을 통과한
긴 꿈속에서 깨어난 뒤
저승의 기억이
검은 무늬로 등에 새겨져 있다

파르르

파르르

날개가 펴지기 시작한다

어깨에 힘주고 하늘로 솟구친다

두 눈에는 하얀 박꽃이 맺혀 있다

밤에 핀 꽃이여

활짝 벌려라

검은 입맞춤,

밤의 수정을

흔들림 없이 수행한다

박각시나방은

실패가 없다

마젠타 카펫

도시가 회색으로
딱딱하게 굳어가고
아무도 새끼를 배지 않자
있는 자들은
점차 초조해졌다

헛기침하는 사람들이 사는
흰 옷의 나라로
뚜벅뚜벅 걸어온 낙타들은
눈썹이 길어 모래바람에도
눈물을 흘리지 않았다

산과 강이 있는 시골에는
웃음과 눈물을 먹고 자란
혼혈 아이들이 태어나
빈 땅에 생기가
돌기 시작하였다

도심 속 덜컹덜컹

매일을 실어 나르는
전동차 벤치 위에
마젠타 카펫*을 깔고
애원을 하였다

‘임산부를 배려합니다’

체념에 익숙한
눈이 퀭한 선인장들이
목적지를 잊은 채
마젠타 카펫 위에 앉아
꾸벅꾸벅 졸고 있다

* 임산부 배려석. 마젠타는 시인 괴테가 발견한 색이다. 스펙트럼의 보라색 외부에 보일 듯 말 듯하게 존재하는 모든 색이 내포된 색으로, 어두운 곳에서 잘 보인다. ‘초월한 사랑, 보이지 않는 사랑, 자비, 신성한 사랑’을 뜻한다.

천둥 꽈리꽃

꽈리를 잘 불면
보조개 생겨 좋은 데 시집간다고
계집아이들은 그늘 아래서
떼드득 떼드득 열심히 불었드랬다

외로움 비틀던 무더위
꽈리 열매 부풀고
태풍처럼 엉켜버린
눅눅한 여름 지나
가을이 도착하면
꽈리 꽃받침이
뼈대를 앙상히 드러내는 시간

꽈리 뿌리 달여 먹고
방에서 핼쑥해지던
가엾은 동네 계집아이들

반짝이던 눈 말려버리고
열 내리고 가래도 멎으면

담배와 술로
세상과 투닥거리며 살다가
무심코
음식점 벽에 거꾸로 매달린
주홍빛 꽈리를 보고는

서럽다
서러워
술 한 잔 속으로 떨어지는
천둥 꽈리꽃

수크렁 랩소디

낮게 드리운
구름 쓰고 걸어요
후두둑 빗소리는
자유 낙하의 랩소디

빗방울 음표들은
손목 오선지 위에
악보를 그리고
이내 떨어지지요

장맛비에 우리는
모락모락 김 나도록 뛰댕기는
배 따순 강아지도 되고
물웅덩이 보면
별안간 마려워져서
서로 망봐주며
궁댕이 까고 쉬하는
킥킥거리는 꽃마리도 되었죠

흙내음 풀내음은
서로를 껴안고
튀어 오르지만
각자 다른 시간에
헤어지겠죠

크렁크렁 젖은 채
남실거리는
수크령*이 반짝거려요

이별에 좋은 시간은
바로 지금이겠군요

* 다년생 초본으로 근경이나 종자로 번식하며 강아지풀과 비슷하나 크기가 크다. 전국적으로 분포하며 산 가장자리나 논, 밭둑 및 길가의 양지바른 곳에서 자란다.

이은란

2022년 시집 『사랑부전나비를 위하여』를 출간.

교육계에 38년 6개월 재직하고 퇴직했어요.

복지관에서 어르신들과 시 읽고 쓰는 재능 나눔 활동하며,

詩의 언저리에서 詩부렁詩부렁하며 놀아요.

봄을 앓다

수많은 꽃망울 낳은 벚나무
얼마나 몸 달구었을까
연둣빛 어린잎 낳은 은행나무
얼마나 큰 진통으로 밤을 지새웠을까

어린 것들 바라보며
찌르르 도는
어미의 젖몸살처럼
찾아오는 3월의 감기몸살

겨울 내내 가뭄 든 몸에
물살이는 봄, 봄
바람 뼛속에서 소용돌이치고
저미는 찌릿함에 앓는다, 활짝

도원을 찾아
— 정선 계곡 실종 사건

정선 벼랑이 품은
얼은 강 빗장 열고 들어간 남자

몰운대로 내려온 별무리 꺽두 춤추고
신고 받고 출동한 구급차 마을을 흔드는데
겨울 동강 속에 허물 벗어놓고 바위로 들어간 남자

얼어붙은 폭포도 숨죽이며 지켜보고
봄날을 기다리는 강물은 아라리 아라리 흐르고

소금강 계곡에서 봄나들이하던 날들
복사꽃 환했다고
살 만했던 날들은 도원이었다고

출근하다 말고
문 열린 차만 남기고 사라진 남자
다시는 찾지 못하네

아드리아 해변에서
— 도원을 찾아

벗어던져요 나를
가벼워져 물 위를 걷지요
인적 드문 프리모스턴* 해변에선
이름도 벗어던져요
하늘은 끝없는 물음을 보내고
대답하는 물결은 웃지요
재촉하던 날들 새를 따라 날아가고
성당 종소리 귓가에서 간지러워요
슬픈 속도**와 화해를 해요
천천히 먹고 천천히 걷고
한없이 가벼워져
이국의 남자에게 미소를 날리며
비로소 제 속도를 찾았지요,
참 멀리 돌아왔네요

* 크로아티아 해변에 있는 도시.
** 김주대의 시 「슬픈 속도」를 인용함.

안드로메다 여인숙

달방 있나요
떠나간 별똥별은 잊기로 해요
커튼 뒤 노란빛 위로 착륙할 거예요
실종자 전단지에서 본 듯하다고
수군거리는 눈빛 어디서 왔냐고 물으면
퇴출된 명왕성쯤에서 왔다고
일흔보다 좀 이른 나를 기록할 거예요
초승달에 기대앉아 창 너머 파도를 읽고
낮달 뒤에 숨어 범고래 만나고 돌아와
푸른 벽에 먼 은하수를 그리며
슈퍼 블루문을 조금씩 갉아먹을 거예요
밤낮을 둥글었다 이지러졌다 뒹굴고
빈둥거리며 달을 품어
기약 없는 내일을 낳아야겠어요
이 별에서 난 부재중이에요
달방 있나요

해변에서 멍 때리기 모임

시를 읽겠다고요
뭔 그런 쓸데없는 짓을
밥이 나오나 술이 나오나요
시를 쓴다구요
당신이?
뭔 그런 쓸데없는 짓을
누가 당신의 시를 읽는다고
돌아봐요 시인치고 돈 번 사람 있나
차라리 후진해변으로 오세요
출렁이는 파도 소리 들으며
멍~
몽돌 소리 들으며
멍~
소주 한 잔하며
멍~
뒤끝 없이
멍~

정지민

놓은 적 없고 늘 쓰고 있다 스스로 생각하지만,

제대로 쓰고 있는지 늘 자문하는… 엄마, 소녀, 시인.

무당 전성시대

옛날 강호에는 무당파가 있었지
내 앙모한 그들의 검은
백성을 위해 춤추었네

지금 용산엔 무당 천공이 있지
그가 쓰는 검법은 여왕벌의 독침
사정없이 사람들을 속인다네

나는 춘천의 천공賤工
연필이나 잡고 작두 위에 올라
항마 검법 24식
칼춤 추네

한 쌍의 부부

TV를 켜자
가스라이팅 당한 사내가 나온다
그녀의 눈짓, 손짓에 따라 움직이는
용산 소굴의 우두머리
두 사람은 멜로 영화라는데
내겐 공포 영화로 보이는 건
개, 돼지라서인 거니?
작품성 흥행성 바닥을 쳐도
기어코 5년 동안 상영한단다
아직 4년이나 남았는데

채널을 돌려야겠다

개두릅 데치며

끓는 물에 1분 30초
내게 봄이었던 당신을 생각하네

고운 연둣빛에 날 세운 가시
당신을 닮았네
가시가 경고라는 걸 읽지 못하는
돼지들은 오늘도 게걸스럽네

이 씁쓸한 향기 속에 당신이 돋아나네
붉은 피가 돌고
내 안에 가시가 일어서네

나무가 말했다

숲길 느티나무 한 그루
초여름 바람이 헤집고 지날 때
짙어가는 연록의 잎들
튼실한 뿌리 하나 내리지 못해
흔들리며 가는 내게
천수千手*의 손으로 말했네
힘들면 쉬어가도 된다고
흔들린다는 것은
살아 있다는 것이라고
꽃 피우던 편도나무처럼**

* 천수관음의 준말.
** 니코스 카잔차키스 시「편도나무」.

유리 구두

모두가 빛나는 낮에도
지나온 거리마다 나의 어제는
밤보다 더 깊은 폐석이었지
막장에서조차 쓸모없다 버려진 천덕꾸러기
탄광이 문 닫자
버려진 것들이 살아나
유리 구두로 부활했다
아무도 믿지 않았지만
'여전히 믿어요, 사람을'이라 말하자
'그래서 멍청한 폐석'
이라 했지만
내 귀에는 들리지
호박으로 만든 마차가 달려오는 소리

조영미

학창 시절, 월명사의 「제망매가」를 배우며 아름다운 시어에 빠졌다.
대전에서 직장인으로 워킹맘으로 바쁘게 살다가
코로나와 함께 '시와 은둔'을 결심했다.
모든 죽어가는 이들을 사랑하며,
약자가 웃을 수 있는 따뜻한 세상이 되길 위로해본다.

널NULL

데이터 집어넣고 값 불러내니 NULL*이 나왔습니다
카톡에 (알 수 없음) 창을 보고 울었습니다
청오동나무 잎에 빗소리 저며 드는 초여름
깍지 낀 손으로 올려다보던 눈에 검은 별빛이 흘렀어요

당신이 유월 문 열고 떠난 지 사 년입니다
2018년 장례식 뒤 무더위, 코로나가 왔지요
더 이상 희망이 없다는 듯
세상은 환자들로 가득했지요

비행기 안에서 심장 움켜쥐었을 모습 떠올리면
십일월 자작나무 목 언저리에 손가락이 걸려 있습니다
0.0001, 0.0002, 0.0003, 0.0004
0이라고 하기에 빈자리 값이 너무 큰 그대

출생 데이터 만드는 시각 컴퓨터는 뜨겁게 돌아가는데
창문에 빨간 위성 넘어져 쉬고 있어요
널 널 날아간 빈자리 값은 0이 아닙니다
내일이면 채워지는 Nothing입니다

* 아무것도 없다는 의미로, 프로그래밍 언어 등 컴퓨터 분야에서는 아무것도 보여주지 않는 경우를 나타내는 데 사용된다.

파꽃뱀

엄마 고함 소리에 깨어났다
채송화처럼 쪼그리고 앉아 아버지의 여자가 나가길 기다렸다
아궁이에 그녀가 들고 온 초콜릿 상자가 나발처럼 엎어져
사악한 아가리에서 알이 쏟아져 나왔다

돼지 똥 치우는 엄마에게 버려진 알약 먹어도 되냐고 물었다
아무 말 없이 호스로 돼지 등허리에 물줄기를 갈겼다
물방울은 울타리 파밭에 튕겨져 올랐다

봉지 하나 몰래 가져가 지하실에 또아리 틀고 앉아
뱀 술병 마주 보며 붉은 아가릴 열었다
혀에서 녹는 단 슬픔

빨아댈 때마다 출몰하는 얼룩 뱀이
파꽃처럼 시들어가는 그녀 곁을 스르륵 지나갔다
노란 파꽃, 채송화, 알약 엠앤엠즈*
글자판 두들기며 한 알 두 알 게워내면

노란 뱀이 파꽃 피어나는 계절에 나타나 달래주었다

* M&M's 코팅된 밀크 초콜릿.

새빨간 루비

1인당 교육비는 18만 원, 주요 뉴스와 신문은 올해는 사교육비가 내려갔다고 떠들어댔다. 그 말을 믿는 바퀴벌레가 있을까! 시골에서 수학, 영어학원만 보내도 40만 원이 넘는다 강남공화국에 사는 바퀴 컨설팅 비용은 부르는 게 값이다. 하지만 틈새시장이 깨진다고 바퀴벌레 공화국은 결과 값을 빨갛게 물들인다. 거짓말 위에 새빨간 거짓말 그 위에 변절한 통계가 있다는 것은 먹물 먹은 그들은 다 알고 있다. 그러나 완장 찬 바퀴벌레는 말한다. 비용이 낮아진 것은 사교육을 받는 바퀴, 받지 않는 새끼를 더해서 참여율로 나눈 값이라고 우아하게 말한다. 그래서 올해는 방과 후 과정도 무지개로 예쁘게 꾸몄단다. 작년보다 비용은 3만 원 낮아졌다고 한다. 하지만 옆집 어머니는 불안해서 세바퀴 학원으로 돌린다. 그래야 더 어둡고 안전한 곳에서 살 수 있다고 애를 달랜다. 보석처럼 통계를 깎고 돌리고 루비처럼 가공해서 발표한다. 숨어 있는 수많은 바퀴들이 수능 시험 보러 운동장을 뚫고 지나간다

혜국사 은행나무

나무가 푸른 사원 같더라 나무 위가 푸른 바다 같더라
비구니 스님들 사는 문경 혜국사* 앞뜰
오백 년 살아남은 은행나무 있더라
햇빛이 쏟아지는 노란 자리에 파란 은행들이 속닥이고 있더라
달걀 얼굴 비구니 스님이 간드러지게 노래하더라
풋잎새들은 빠르게, 빠르게 반짝여 제 얼굴 다듬고 있더라
오로지 나무는 제 잎들을 빛나게 하더라
눈이 부신다는 것이 이런 것이더라 눈이 부셔도 이리 시려서
품어본 적 없는 눈 속에다 찰칵 새겨 넣고 가더라
생각 많은 청어가 파도 속으로 숨어와 곰실곰실 헤엄치고 있더라
서리보다 먼저 눈뜬 스님, 새벽 예불 칼날 같은 어깨가 들썩이더라

* 경북 문경시 주흘산 중턱에 있으며 신라시대 창건된 사찰.

봄에 감기다

꽃이 핀다고 창을 열지 않겠다
미안해라고 말하지도 않겠다
그대 숨결을 잠재우는 것
그것에만 나를 적시겠다

새가 울며 문 두드리겠지만
두 뼘이라 어디 문 열어
그 꽃잎 적셔야겠지만
고것은 어렵겠다

자목련 나뭇길 거닐면서 어떻게 살아질지
기침 뱉으며 잠 못 자고 붉은 꿈 꾸어질지
칠 일 동안 가래 거렁거렁 애달픔 삭아내며
마캉 그대로 살아지리라

가슴팍 해금 켜는 소리
새벽이면 그 소리도 봄 감기마냥
설레이며 그대 입술에 감기운다

꽃잎 모두 떨어지면
나는 봄 감기와 격렬하게 뒹굴겠다

최정란

2021년 시집 『기타리스트의 세탁기』 공동 출간.
2023년 산문집 『나는 아직도 몽고반점이 있다』 출간.
상상을 버무리는 무한한 시의 끌림으로 여기까지 왔습니다.
일반인들이 쉽게 접할 수 없는 난해시보다
읽으면서 그림이 그려지는 시를 오래 쓰고 싶습니다.

세상의 모든, 여인숙들은 이제 쉬고 있다

엄마가 삶은 달걀이 든 누런 종이 봉다리를 세 살짜리 막내에게 쥐여줄 때 둘째 언니와 함께 아버지를 따라 기차를 탔어. 기차는 만석이었네. 바닥에 신문지를 깔고 앉아 흔들리며 가던 막내가 낯선 듯 두리번대며 '언니야 기차가 왜! 이렇게 덜컹덜컹, 거리나?' 묻자 기차는 원래 그런 거라 대답하는 언니도 사실은 13년 만에 처음 타본 기차였어. 열차가 덜컹댈 때마다 찌에 걸린 물고기처럼 흔들리던 사람들 도착지를 가지 못하고 끊어진 밤기차, 대천까지 가야 하는데…. 혼잣말을 중얼대는 아버지를 따라 들어간 공주역 앞의 "공주여인숙" 30촉짜리 알전구를 켜자 색 바랜 벽지에 얼룩진 무늬가 꽃처럼 흔들렸지. 수없이 자리바꿈을 하며 세상을 지켜온 여인숙들은 이제 모두 쉬고 있네. 나보다 조금 더 불행할 것, 같은 사람들을 보며 위로받던 나도, 내가 지켜온 이 찌들은 우주를 어딘가에 내려놓고 쉬고 싶어 공주여인숙을 찾아 길을 나서는 나른한 오후 3시

도원 가는 길

〈남편을 죽이면 해방될 수 있지만, 여생을 감옥에서 지내고 싶지 않다. 그리고 오렌지색 죄수복은 내 취향이 아니다〉라는 말에 크게 공감이 가더군. 총기 소지가 불법인 나라이니 포기하고 낸시 브로피*가 쓴 책을 덮었지. 카센터를 갔는데 사장이 무언가를 엔진에 붓고 있었어! 엔진 부식을 막는 오일이라더군. 엔진은 부식을 막지만, 사람은 부식시킬 것, 같아서 한 병 달라 했지. 마개를 따서 냉장고에 슬며시 넣어두면 생수로 착각해 마실 것 같았어. 자는 척 누웠는데 아무리 기다려도 들어오지 않더군! 필시 무슨 일이 일어났구나? 생각하니 마음이 가벼워지고 콧노래가 나왔어. 무언가를 잃었지만 무언가를 얻었으니 억울하지는 말자고 음악을 틀고 찻물을 끓이는데 신경줄을 타고 미모사 향기가 날아다녔지. 연보랏빛 물감을 풀어놓은 정원도 보이고 물푸레나무 사이로 나비들도 언뜻 보였어. 그 순간 비비빅 비번이 풀리더니 "See you Again"이 흘러나오면서 나의 짧은 도원은 끝이 나더군. 총이 없어서 참 다행이야!

* 『남편 죽이는 법』이란 책을 쓴 저자. 이후 실제로 남편을 총으로 살해했다.

마리의 뜨개질

엄마가 시켜서
못생긴 루이와 결혼할 때
열네 살이었어

아침에는
음악이 흐르고
달콤한 케이크를 대령했지

저녁이면
귀족들과 파티가 열리고
보석으로 치장한 부인들과
샴페인을 마시면
세상은 다정했지

이처럼 충실히 살았는데
단두대에 서라니
이상해!

갇혀서 촘촘히 이어지는 뜨개질

스카프가 되고 모자도 되지
가끔 코가 빠지기도 해
모두 열심히 뜨개질하지

장발장으로
자베르로
혹은 마리 앙투아네트로

처음 시작한 그때부터 지금까지
코를 따라 떴는데
나에게 큰소리로 화를 내는
사람들을 바라보네

단두대에 서서 교양 있게 한마디
해주고 싶지만 그냥 말할게

이런 세상에 태어나서 매우 유감이야

오지게 살아 있지

천애 고아여서 왕비가 되었다네
대비는 그게 가산점이라
생각했지

남의 손을 빌려 여지껏 살았으니
다른 사람을 움직이는 건 익숙해

최익현을 시켜 시아버지를 탄핵하고
청나라 군대 불러 백성을 위협하다
다시 아라사에게 손을 빌리지

여우는 늑대에게
늑대는 호랑이에게
호랑이는 여우를 잡아먹으며
그 나라는 끝이 났다네

왕비가 죽었지만 일족은 살아남아
지금까지
우리 머리 위에서

오지게 살아 있지

소주성*은 모래 섞인 쌀
소득하위 80%
재난지원금 받는 날
마트에 쌀 사러간다

* 소득주도 성장정책의 준말. 근로자의 소득을 인위적으로 높이면 소비가 증대되면서 경제성장을 유도한다는 주장으로 문재인 정부의 핵심 경제 정책이다.

어퍼웨어

시 창작 수업 첫날! 아시지요. 비대면 온라인 수업 "줌"으로 한다기에 세수는커녕 빗질도 안 한 산발로 컴퓨터를 타고 들어갔습니다. 화면에 비친 내 모습, 산발이라 미안합니다. 검색해보니 코로나로 인해 온라인 화상 회의를 하면서 정장에 넥타이 매고 아랫도리는 파자마를 입는다 해서 "어퍼웨어"란 신조어가 있더군요. 인터넷으로 드문드문 배운 영어, 영어학과를 졸업한 딸에게 "너 뭐 하니?"라고 영어로 물으면 발음이 구지다*고 웃지만 뭐 어떻습니까? 가끔 뚜껑이 열리는 날! 남편에게 영어로 욕합니다. "대밋 암 앵그리" 알아듣지 못해도 표정은 쎄 하지요, 유쾌한 복수를 하고 문화원에서 제공하는 수업으로 시인에게 시 창작 강의를 듣습니다. 진즉에 배웠더라면 "문정희" 만큼 쓸 텐데 하며 오만방자한 꼴값도 떱니다. 세상 모든 사물에게 생명을 부여하고 함께 대화할 수 있는 시의 세계는 광활한 우주, 그 안에서 나는 신이 됩니다, 신이 모르는 게 너무나 많아 컴퓨터를 컴퓨터에게 배우고 그래도 모르는 건 네이버 씨에게 물어보면서 오늘도 나는 모니터에 엎어져 공부합니다. 나는 참말 잘 살고 있습니다.

* '궂다'의 방언(전남). 좋지 않다는 뜻.

틴토레토, 최후의 만찬, 1581

맺는 글

시든 꽃밭에 물 주기

전윤호

처음엔 풀밭이었다
잡초들이 무성한
아침이면 이슬 맺히고
햇살이 내려와 공을 찼다
따로 씨를 뿌린 적은 없었지만
계절이 바뀔 때마다
꽃들이 피어났다
이제 모두들 안다
보이지 않아도
머리에 봉우리가 숨어 있음을
다음에는 무슨 꽃이 필지
기다리게 되면서
이제 이곳은
아무도 공터라 부르지 않는다

발문

홀로/함께 만들어가는 엔딩 크레딧

박제영

시인

〈시든 꽃밭에 물주기〉라는 이름으로 12명의 시인-강동규, 권태완, 나래, 박르하, 박은수, 백혜자, 신잉걸, 이승희, 이은란, 정지민, 조영미, 최정란-이 뭉쳤다. 각기 개성이 다른 이들을 하나로 이어주는 것은 전윤호라는 시 스승이다. 시라는 미로 속에서 저마다 외롭게 출구를 찾아 헤매다가 전윤호라는 이정표를 만나서 잠시 한데 모인 사람들이다. 이정표 아래에서 저마다 자신만의 출구, 자신만의 시를 찾아내려 애쓰는 중이다. 이번에야말로 시와 제대로 한판 붙으려 애쓰는 중이다. 그러니까 이번 시집은 그들이 지금 얼마나 치열하게 시와 분투를 벌이고 있는지, 자신만의 시를 찾기 위해 얼마나 애를 쓰고 있는지를 보여주는 증거물들인 셈이겠다.

그들의 스승 전윤호 시인은 이번 시집에 대해 "시든 꽃밭에 물 주기"라며 이렇게 얘기한다.

"처음엔 풀밭이었다/ 잡초들이 무성한/ 아침이면 이슬 맺히고/ 햇살이 내려와 공을 찼다/ 따로 씨를 뿌린 적은 없었지만/ 계절이 바뀔 때마다/ 꽃들이 피어났다/ 이제 모두들 안다/ 보이지 않아도/ 머리에 봉우리가 숨어 있음을/ 다음에는 무슨 꽃이 필지/ 기다리게 되면서/ 이제 이곳은/ 아무도 공터라 부르지 않는다"

잡초만이 무성한 공터였지만 이제는 계절이 바뀔 때마다 꽃들이 피어나는 풀밭이 되었다는 전윤호 시인의 말을 확인하기 위해 한 명 한 명의 시를 꼼꼼히 읽어보기로 했다.

1. 강동규, 마트로시카 혹은 변검

강동규의 시를 읽고 처음 떠올린 것은 마트로시카(러시아 전통 인형)이고 그다음 떠올린 것은 변검(變臉, 중국의 전통 가면극)이다. 강동규의 시는 겹겹의 레이어를 쌓는 방식으로 구축되어 있기 때문이다. 눈에 보이는 한 겹을 벗기면 숨겨진 다른 겹이 나타나는 방식이다. 그러니 편 편마다 다양한 느낌 다양한 해석이 가능해진다. 이런 방식의 시 쓰기는 사실 오랜 수련이 필요한데, 강동규의 내공이 상당하다는 느낌이다.

베트남 여자 호아를 내세워 소외의 문제를 다룬 「호아 비빔밥」, 세월호 참사를 설화 〈구토지설(龜兎之說)〉로 각색한 「구토지설」, 부부의 이혼 문제를 사과(농장)에 빗대어 그린 「사과농장」, 밤에 피는 꽃과 낮에 피는 꽃, '사하라의 소프라노'와 '시베리아의 알토', 밀물과 썰물 등 어긋난 존재들을 대비시켜 '사랑이 무엇인지'를 묻고 있는 「Love ㅡ 존 레논」, 안경집을 통해 아내의 가출과 그 빈자리를 그려내고 있는 「안경집」 등 편 편마다 여러 겹의 서사를 녹여내고 있다. 독자가 지금 처한 상황에 따라 다르게 읽힐 것이고, 독자마다 다르게 읽힐 것이다. 어느 얼굴이 진짜 얼굴인지는 중요하지 않다. 나 잡아봐라 하며 도망치는 화자를 쫓아가는 재미가 강동규의 시를 읽는 재미이니까.

2. 권태완, 낮은 시선과 절제된 어법

권태완의 시선은 빛의 세계에서 비껴난 곳, 그늘지고 어두운 곳을 향해 있고, 그의 어법은 조근 조근하게 간단명료하게 삿된 세상을 조롱하면서도 짐짓 아닌 체한다.

무한 경쟁의 세상에서 탈락한 실패자들을 위해 시인은 사비를 털어 최고의 실패자를 뽑는 대회를 연다. 당연히 빈익빈부익부(貧益貧富益富), 유전무죄 무전유죄(有錢無罪 無錢有罪)의 세상을 풍자하는 거다. 이름마저 해학이 넘치는 「피식 대회」을 읽다 보면 나도 모르게 피식 웃음이 새어나오지 않는가. 조금은 위로가 되지 않는가. 진짜(실재, 정신)를 잃어버리고 가짜(시뮬라크르, 복제, 물질)에 목숨을 걸고 있는 세태를 꼬집는 「포토 사피엔스」와 대중가요보다 못한 시의 난맥을 꼬집고 있는 「최고의 시」도 같은 맥락에서 읽힌다.

반면, 「엔딩 크레딧」과 「인터뷰」는 조금 다른 스탠스를 취한다. 「엔딩 크레딧」에서 시적 화자와 '너'의 관계는 분명치 않다. 다만 시적 화자는 텅 빈 극장에서 생전의 '너'와 함께 제작했지만 흥행에 실패한 인디영화를 홀로 관람 중이다. 이제는 실패한 영화 엔딩 크레딧으로만 남은 '너'를 떠올리는 중이다. 그렇게 화자는 지금 '너'를 보내고 있는 중이다. 정든 이를 떠나보내는 쓸쓸함을 덤덤히 그려내고 있다. 「인터뷰」는 백내장 수술을 모티브로 하고 있지만, 시인이 앞으로 쓰려고 하는 시의 주제나 방향을 암시하는 것으로 읽힌다. 그가 과연 꽃의 영혼과 어떤 인터뷰를 하게 될지 지켜볼 일이겠다.

3. 나래, 산문구조를 견뎌내면서 쓰는 운문

나래의 시에는 드라마가 있다. 일반적인 서정을 버리고 특별한 서사를 택한 전략의 결과일 것이다. 그의 서사(이야기)에는 독자로 하여금 몰입하게 하는 힘이 있고, 드라마가 주는 재미가 있다. 나래의 시가 지닌 강점인데, 세상 이치가 그렇듯, 장점과 단점은 양날의 검이고 동전의 양면이다. 잘 쓰면 약이 되고 잘못 쓰면 독이 된다. 한 문장 한 문장이 늘어지지 않아야 하고, 중언부언을 조심해야 하고, 불필요한 문장이 없는지 제대로 살펴야 하고, 소리 내어 읽어가면서 운과 율도 맞춰봐야 한다. 산문구조를 견뎌내면서 쓰는 운문이 되어야 한다는 말이다. 그리고 무엇보다도 서사가 서사로 끝나는 게 아니라 마침내 시가 되려면, 결정적인 한 방, 소위 시로 만들어내는 트리거 같은 결정적 한 문장이 필요하다. 이런 점을 염두에 두고 나래의 시를 다시 읽어봐도 특별히 지적할 게 별로 없다.

「방 안의 프랑스」의 "더는 무섭지 않아 이미 절판된 삶은 고독하니까"라는 문장, 「겨울로 지은 집」의 "겨울이 지나면 이야깃거리 하나가 사라지겠지. 집 앞을 서성이던 까마귀가 손목시계를 물어다 놓는다."라는 문장처럼 결정적인 문장도 눈에 띄고, 한 편 한 편이 드라마처럼 재미있게 읽힌다.

4. 박르하, 벡신스키의 그림을 떠올리게 되는 에로티시즘

박르하의 시를 읽다가 벡신스키의 그림, 두 해골이 서로를 부둥켜안고 있는 그림을 떠올렸다. 박르하의 시에서 죽음이 껴안고 있는 에로티시즘을 느꼈다는 얘기다. 「너도바람꽃」, 「눈설레」, 「매미」를 그렇게 읽었다. 「너도바람꽃」이 금지된 사랑을 말하고 있는 것인지, 사랑의 덧없음을 말하고 있는 것인지 애매모호하지만, 그 바탕에 에로티시즘이 깔려 있음은 분명하다. 「눈설레」와 「매미」에서 원증회고(怨憎會苦)와 애별리고(哀別離苦)가 느껴지지만 이 또한 에로티시즘이 깔려 있다. 에로티시즘이 삶(生氣)과 죽음을 환기할 수도 있고, 성적 욕망을 부추길 수도 있다. 그 사이의 아슬아슬한 줄타기를 어떻게 하느냐에 따라 박르하의 시가 성공할 수도 있고 실패할 수도 있을 텐데, 과연 어디까지 밀고 갈지 궁금하다. 한국 시단에서는 좀처럼 보기 어려운 실험인 까닭이다.

반면, 봄날 목련이 지는 모습을 '단두대'로 형상화한 「단두대」와 주인에게 곧 죽임을 당할 운명의 수탉을 그린 「목 잘린 수탉」은 앞서 세 작품과는 조금 성격이 다른데, 두 편 모두 삶과 죽음의 우연성을 시니컬하게 관조하고 있다. 그런데 문득 문득 이 두 작품의 죽음 속에서도 은근슬쩍 에로티시즘의 그림자가 비치고 있으니, 결론적으로 박르하의 시는 죽음이 껴안고 있는 에로티시즘의 풍경들이라 할 수 있지 않을까.

5. 박은수, 시로 쓰는 만평, 은근하고 교묘하게

박은수의 직업이 그래픽 디자이너(어쩌면 시각 디자이너일지도)라는 것은 시를 쓰는 데 있어 장점일까 아니면 단점일까. 그의 시편들을 보면 장점으로 작용하고 있음이 분명하다. 그의 시편들은 한마디로 정의하면 '시로 쓰는 만평(漫評, Editorial Cartoon)'이라고 할 수 있겠다. 만평이 무엇인가. 사회나 정치나 인물의 풍자와 비평을 목적으로 그리는 만화가 아니던가. 그러니까 박은수는 지금 만평을 그리듯 시를 쓰고 있는 것이다. 작정하고 작금의 현실을 은근하고 교묘하게 풍자하고 비평하고 있는 것이다.

「백지화」는 자신의 본업이기도 한 그래픽 디자인 작업의 과정을 통해 최근 논란이 되고 있는 국토교통부 장관의 "양평고속도로 백지화" 선언을 은근히 비꼬고 있고, 「채찍비」는 지난해 "반지하 수해참사" 때 보여준 정부의 무능과 한심한 작태를 교묘하게 비틀고 있으며, 「뽀록」은 정부와 여당의 친일행각을 아예 대놓고 통렬하게 뽀록을 내고 있다.

앞서 세 편의 시와 성격은 조금 다르지만 「가난한 이빨」은 점점 더 고착화되어가는 경제적 불평등을 풍자하고 있고, 「팔짱 낀 의자」는 신춘문예라는 우리 문단의 고질병을 풍자하고 있다는 점에서 '시로 쓰는 만평'임에는 틀림없다.

선부른 예단일 수도 있겠지만, '시로 쓰는 만평' 혹은 '만평 같은 시'가 향후 만들어갈 박은수 시의 한 축이 될지도 모르겠다.

6. 백혜자, 알레고리로 쓰인 개와 늑대의 시간

백혜자의 시의 주요한 장치는 알레고리다. 다섯 편의 시에서 모두 알레고리가 쓰이고 있기 때문이다. 「내 안의 늑대」를 읽다가 퍼뜩 떠오른 건 〈개와 늑대의 시간〉이다. 부부로 산다는 것은 서로가 〈개와 늑대의 시간〉을 평생 견디어야 한다는 뜻이 아닐까. 그런 생각을 하게 만드는 작품이다. 참고로 〈개와 늑대의 시간(L'heure entre chien et loup)〉은 황혼을 뜻하는 프랑스 말에서 유래했다. 저녁 어스름이 내리는 시간, 모든 사물이 붉게 혹은 검푸르게 물들어 저 숲 속에서 다가오는 그림자가 내가 기르던 개인지, 나를 해치러 오는 늑대인지 분간할 수 없는 시간을 말한다. 선악(善惡)을 구분하기 어려울 때, 피아(彼我)

를 구분하기 어려울 때, 진짜와 가짜, 허(虛)와 (實)을 구분하기 어려울 때 흔히 비유적으로 쓰기도 한다.

「세상을 낳다」와 「은사시나무 노래 속으로」 그리고 「둥글래」는 모두 가족의 아픈 내력을 바탕으로 해서 독자로 하여금 나와 가족의 관계를 새삼 돌아보게 만드는 힘이 있고, 「물의 살」은 시인이 그려내는 대로 따라가다 보면 한 폭의 그림이 펼쳐지는 것이니, 메시지보다는 이미지 자체로 감상하는 게 좋은 작품이다.

7. 신잉걸, 거울과 유리창

신잉걸의 시 「그믐」을 읽고 문득 오래전 읽었던 시를 떠올린다. "여보 / 내 마음은 유린가 봐, 겨울 한울처럼 / 이처럼 작은 한숨에도 흐려버리니"로 시작해서 "내 마음은 유린가 봐 / 달빛에도 이렇게 부서지니"로 끝을 맺고 있는 김기림(1908~미상)의 시 「유리창」이다. 김기림의 시보다는 좀 더 확장된 세계를 보여주는데, 김기림이 '나'에 머물렀다면 신잉걸은 '나 안의 타자'들, '나 바깥의 타자'들로 시선을 확장하고 있다.

'나' 안에는 무수한 '타자'들이 산다. 나 안의 타자들은 대개 '그믐'의 형상을 하고 있다. 곧 사라질 존재들이다. 반면에 「안부를 묻는 시간」은 타자 속의 '나'들을 그린다.

나와 타자는 안부를 물으면서 홀로/함께 공존한다. 이렇게 읽기 시작하니 「이어폰」도 「방음벽」도 그리고 「스타벅스 만복사점」도 '나와 타자'(의 관계 혹은 공존)로 읽힌다.

시라는 거울은 '나 안의 타자'를 들여다보게 하고, 시라는 유리창은 '타자 속의 나'를 바라보게 만들기도 하는데, 신잉걸의 시편들이 그렇게 읽혔다. 철학은 시가 되지 않지만, 좋은 시는 철학을 너끈히 담아내는 법이다. 신잉걸의 시편들이 그렇다.

8. 이승희, 과거를 소환하고 현재를 환기하는 사물들

이승희의 시는 주요 대상이 되는 실재(real) 사물이 있고, 이를 재현(representation)함으로써 과거를 소환하고 현재를 환기한다는 공통점을 지녔다.

가령 「다알리아」는 국화과의 여러해살이풀이며 구근식물인 다알리아를 통해 할머니와 옛 친구를 소환하고, 「천둥 꽈리꽃」은 꽈리꽃을 통해 과거를 소환하면서 또한 현재를 환기하고, 「마젠타 카펫」의 경우는 전철에 마련된 임산부석을 통해 도시인들의 일상을 그려내는 방식이라고 할 수 있겠다.

이러한 사물의 재현을 통해 과거를 소환하고 현재를 환기하는 방식은 어쩌면 그의 직업 혹은 전공과 관련되어 있을지도 모르겠다고 막연히 추측해보지만, 향후 이승희 만의 시를 만들어가는 데 있어서 중요한 열쇠가 되지 않을까 싶기도 하다.

9. 이은란, 걷고 관찰하고 사유하고 사색하기

이은란의 시는 모두 길 위에서 쓰여졌다. 그렇다면 그는 걷는 사람이다. 걸으면서 관찰하고 사유하고 사색하고 그 결과로 시를 쓰는 사람이겠다. 봄날의 산책과 사색의 결과가 「봄을 앓다」라는 시로 쓰여졌고, 정선의 몰운대와 소금강 계곡을 걸으며 「도원을 찾아 — 정선 계곡 실종 사건」을 구성했을 것이며, 삼척의 후진해변에서는 「해변에서 멍 때리기 모임」과 같은 시를, 그리고 저 먼 바다 건너 이국, 크로아티아의 아드리아 해변에서는 「아드리아 해변에서 — 도원을 찾아」를 건져냈을 것이다. 그러니까 그는 계속해서 어딘가를 걷는 사람이고 그곳이 어디든 관찰하고 사유하고 사색하는 사람이란 뜻이다. 그렇게 이은란은 처처곳곳에서 시를 만나고 있는 셈이다. 그런 결과로 「안드로메다 여인숙」과 같은 우주를 품는 시를 낳은 것이 아닐까.

10. 정지민, 풍자와 고찰 그리고 압축미

정지민의 시는 크게 두 축으로 움직인다. 한 축은 비참하고 비열하고 비굴한 지금 우리의 정치와 사회에 던지는 풍자와 조롱이고 또 한 축은 참을 수 없는 존재의 가벼움(밀란 쿤데라)에 관한, 즉 인간으로 태어나 결코 피할 수 없는 사랑과 이념과 죽음에 관한 고찰이겠다. 「무당 전성시대」와 「한 쌍의 부부」가 전자에 해당한다면, 「개두릅 데치며」와 「나무가 말했다」 그리고 「유리 구두」는 후자에 해당할 것이다.

「무당 전성시대」와 「한 쌍의 부부」가 무엇을 풍자하고 있는 것인지는 굳이 말하지 않아도 되겠다. 1900년대 러시아 제국이 망한 것은 황제(니콜라스 2세)와 황후의 절대적인 신임을 바탕으로 라스푸틴이라는 무당이 배후에서 전횡을 저지른 데 있음을 굳이 말하지 않아도 되겠다. 다만 이 정도의 풍자조차 용납 못 하는 저들에게 혹여라도 험한 꼴을 당하면 어쩌나 우려될 뿐이다. 「개두릅 데치며」는 사람과 사람의 관계에 관한 고찰을, 「나무가 말했다」와 「유리 구두」는 앞서 언급했던 삶과 죽음에 관한 고찰을 보여주고 있다 하겠다.

무엇보다 일체의 잉여 없이 오직 뼈대만으로 구축된 시가 가장 강력한 힘을 발휘하는 법이다. 그런 면에서 정지민의 시는 빼어난 압축미를 지녔다.

11. 조영미, 인간이기에 겪는 고통, 고통을 어루만지는 손

조영미의 시는 한 편 한 편마다 각각의 개성을 지녀서 하나로 뭉뚱그리기보다 한 편 한 편 개성을 살펴 읽는다. 「널NULL」과 「파꽃뱀」은 앞서 박르하의 시평에서 잠시 언급했던 애별리고(哀別離苦)와 원증회고(怨憎會苦)를 떠올리게 한다. 「널NULL」은 '널NULL'이라는 전문 용어를 차용해서 사별(死別)의 고통을 그리고 있다. "0.0001, 0.0002, 0.0003, 0.0004/ 0이라고 하기에 빈자리 값이 너무 큰 그대" "널 널 날아간 빈자리 값은 0이 아닙니다"라는 문장은 드라이하지만 그래서 더 상실의 고통을 애잔하게 그려낸다. 「파꽃뱀」은 엄마에서 딸로 이어지는 아픈 내력을 통해 미움과 증오의 대상을 어쩔 수 없이 볼 수밖에 없는 고통, 원증회고(怨憎會苦)를 영화의 한 장면처럼 연출한다. 「새빨간 루비」는 거짓으로 조작한 통계 숫자로 국민들을 우롱하는 정부를 '새빨간 루비'에 빗대어 조롱하는 재기와 상상력이 기발하다. 「혜국사 은행나무」와 「봄에 감기다」는 앞서 얘기한 인생의 고통들이 누구도 피할 수 없는 것이라면 차라리 마음을 비우고 받아들이겠다는 관조와 다짐이 읽히는 작품들이겠다. 수많은 고통으로 점철된 개인의 운명과 불평등한 세상은 앞으로도 여전할 테니, 불평등한 세상과 그런 세상을 살아내야 하는 개인들의 고통을 어루만지면서 조영미의 시도 계속 이어나가지 않겠나 싶다. 독자들이 시에 기대는 이유가 또한 거기에 있을 테니.

12. 최정란, 좌충우돌하며 시와 맞짱뜨기

무엇이든 좌충우돌 부딪치고, 거기서 시적인 것을 찾아내는 최정란에게는 모든 것이 시의 재료가 된다. 시를 쓰는 데 있어 별로 겁이 없어 보인다. 시인으로서 무척 좋은 자질을 가진 셈이다. 유년 시절의 색 바랜 기억을 꺼내서 16mm 흑백 영화 같은 한 편의 시를 만들고(「세상의 모든, 여인숙들은 이제 쉬고 있다」), 『남편 죽이는 법』이라는 책을 일독한 후에는 스릴러 무비 같은 한 편의 시를 만들기도 하고(「도원 가는 길」), 프랑스혁명과 마리 앙투아네트를 섞어 비비거나(「마리의 뜨개질」) 구한말 명성황후 시해사건을 현재와 섞어 비비기도 한다.(「오지게 살아있지」). "세수는커녕 빗질도 안 한 산발로"(「어퍼웨어」) 시 창작 수업에 참여할 수 있는, 이런 배짱이야말로 최정란이 시를 밀고 가는 힘일 것이다. 아직 시를 배우고 있는 초보라 말하지만, 좌충우돌하며 거침없이 시와 맞장을 뜨고 있으니, 그 끝에서 어떤 시를 보여주게 될지 궁금하다.

*

시는 학문(文學)이 아니라 예술(文藝)에 가깝다는 게 내 생각이다. 그러니까 시는 해석이나 분석의 대상이 아니라 오히려 감상의 대상이라는 뜻이다. 12명의 작품들을 분석하려 한 것이 아니라 내 나름대로 감상했다는 얘기다. 결론적으로 각기 다른 서사와 이미지와 리듬으로 만들어진 개성이 돋보이는 작품들이었고, 그래서 보기에 좋았다. 이번 시집은 시작에 불과한 것이니 언젠가 다시 만나게 될, 12명이 홀로/함께 만들어가는 엔딩 크레딧은 과연 얼마나 더 달라져 있을 것인지. 설레며 응원한다. 끝

시든 꽃밭에 물주기 1집

텅 빈 극장의 엔딩 크레딧

1판 1쇄 발행 2023년 11월30일

지은이 강동규, 권태완, 나래, 박르하, 박은수, 백혜자, 신잉걸, 이승희, 이은란, 정지민, 조영미, 최정란
발행인 윤미소
발행처 (주)달아실출판사

책임편집 박제영
디자인 전부다
법률자문 김용진, 이종진

주소 강원도 춘천시 춘천로 257, 2층
전화 033-241-7661
팩스 033-241-7662
이메일 dalasilmoongo@naver.com

출판등록 2016년 12월 30일 제494호

ISBN 979-11-91668-96-4 03810